CONCLUSIONS.

JE confens à l'impreſſion de cette Come-die Intitulée *l'Opera interrompu.* FAIT à Lyon ce 21. Juin 1707.

AUBERT.

PERMISSION.

PErmis d'imprimer à Lyon le 21. Juin 1707.

DUGAS.

LA
FILLE
A
LA MODE.

COMEDIE.

Mise au Théatre par Mr. B**.

A LYON,

M. D.C.C.V I I I.
AVEC PERMISSION, *Yf* 515ᶜ

PROLOGUE.

LE DOCTEUR, *se tournant du côté par*
où il est venû.

ARBLEU, Messieurs, criez tant qu'il
vous plaira. Je suis prêt il y a long-
tems, & ce n'est qu'Arlequin qui nous
fait attendre : mais où Diable l'aller
chercher ? hola. Arlequin ?

ARLEQUIN, *sans être veu.*
On y va.

LE DOCTEUR.
Eh ! allons donc. Où te tiens tu ?

ARLEQUIN, *sans être veu.*
Tout à l'heure.

LE DOCTEUR.
Viendras-tu ? Je pers patience. Arlequin ?

ARLEQUIN, *en habit de Ville, chante entre ses*
dents, sur un papier qu'il tient à la main.

LE DOCTEUR.
A quelle heure veux-tu donc joüer la Comedie ?
il y a une heure qu'on s'impatiente.

ARLEQUIN.
Oh ! palssambleu, qu'on attende. Je ne pouvois
pas quitter quelques personnes à qui je chantois
un veau-de-ville que j'ay fait ce matin.

LE DOCTEUR.
Nous avons bien que faire de ton veau-de-ville.
Tu ferois mieux de te rendre à tes affaires quand
il faut.

ARLEQUIN, *rit.*
Ah, ah, ah, rien n'est plus plaisant. C'est au

ſujet d'une avanture arrivée à deux perſonnes de ma connoiſſance. Je les daube de la belle maniere.

LE DOCTEUR.

Tes raïlleries, & t'a mauvaiſe langue, t'attireront un jour quelque vilaine influence. Le tems que tu pers à donner des lardons au tiers & au quart ; ou à fatiguer les gens du récit de tes fades productions, ne ſeroit-il pas employé plus utilement à aprendre tes rôles que tu ne ſais jamais à demi.

ARLEQUIN, *rit d'un rire forcé.*

A demi ? ah, ah, ah , palſſambleu qu'il eſt bon-là. Jamais à demi ! avoüez que ſans ce malheureux déffaut de mémoire on n'auroit point de priſe ſur moi.

LE DOCTEUR.

Si tu avois du cœur , tu tacherois donc d'y mettre ordre. C'eſt un bel agrément pour des Auditeurs, que de t'entendre tous les jours eſtropier des piéces , ou de te voir demeurer court dans les plus beaux endroits. ARLEQUIN.

Eh ! grace au Ciel , quand la mémoire nous manque, nous avons quelque gênie pour y ſupléer.

LE DOCTEUR.

Tu ferois mieux de ne débiter que ce qu'on te fait dire : tu épargnerois aux oreilles de ceux qui t'écoutent , bien des pauvretez & bien des impertinences.

ARLEQUIN, *ſe minaudant.*

Eh oüi, oüi , des impertinences... mais quand on eſt fait d'un certain air... des pauvretés .... hem... Je crois ſans vanité...

LE DOCTEUR.

Acheve. N'eſt-ce pas ? que tu crois encor faire grace au Parterre quand tu daignes l'honorer de ta préſence,

ARLEQUIN.

Mais... Je crois qu'il doit me ſçavoir bon gré,

qvand pour lui faire plaifir , j'ay la complaifance de me mettre à des emplois qui font au deſſous de de moi. Comme aujourd'hui par exemple. Voyez le beau perfonnage qu'on me fait faire dans la piéce que nous allons joüer ! un fichu rôle de four-be , un perfonnage de fat,& du plus fade fat qu'on ait encor veu.

LE DOCTEUR.

N'eſt-ce pas t'on perfonnage ordinaire ? en eſt-il qui te convienne mieux ?

ARLEQUIN.

Ah , ah , ah. Le beau rôle pour un homme d'efprit ! pour un homme d'efprit comme moi ; nous verrons auſſi , comme je m'en tireray.

LE DOCTEUR.

Ne fors point de ton caractéro , tu t'en tireras naturellement. En tout cas ce ne fera point fans nous rompre la tête par ta criaïllerie,& tu ne man-queras pas de faire le Diable à ton ordinaire contre la Piéce , & contre l'Auteur , comme s'il devoit être garant de ton ignorance ; & de ton peu d'a-plication.　　ARLEQUIN.

Voila ce que c'eſt que de ne favoir pas fe faire valloir. Il eſt vrai palſſambleu que je fuis un grand fat d'enterrer mon mérite tout vif dans le fond d'u-ne Province , tandis que je puis le faire briller fur le Théatre de Paris , où je ferois adoré.

LE DOCTEUR.

A Paris , toi ?

ARLEQUIN.

Eh ! non : c'eſt que je badine ; mais fi je vous montrois de certaines lettres , vous verriez…

LE DOCTEUR.

Je verrois qu'on a voulu fe divertir à tes dépens. Croy-moi, mon ami. A Paris tout comme en Pro-vince , un fat ne paſſe jamais que pour un fat ; & tous ces airs de petit-maitre bien loin de fervir de

Sur·tout aux déffauts d'un mauvais Comédien, n e servent qu'à mieux découvrir son ridicule.

ARLEQUIN, *chante non-chalammant.*

Tara, taritata..

LE DOCTEUR.

Et cette haute idée de t'on mérite qui n'a de fondement que dans ton imagination...

ARLEQUIN, *chante.*

Taritata , taritatou.

LE DOCTEUR.

T'attireroit à Paris comme à Lyon , les huées & les sifflets du Parterre.

ARLEQUIN, *riant d'un rire forcé.*

Ab, ah , ah. C'est·là que je l'attens. Des sifflets, à moi ! des sifflets ! Ah ventre bleu ! pour la rareté du fait, je voudrois que le Parterre se donna ces airs-là. Je le voudrois. La peste m'étouffe si pour en avoir le plaisir je ne donnois de bon cœur deux Loüis .

LE DOCTEUR.

Va, va , le Parterre n'est pas interessé. Tn n'as qu'à joüer la Comedie à ton ordinaire, à nommer, ou apostropher quelqu'un mal à propos , & tu ver-ras qu'il ne faut pas payer le Parterre pour le met-tre en train.

ARLEQUIN.

Ah ! gerny, que nous verrions beau jeu.

LE DOCTEUR.

Et que ferois tu ?

ARLEQUIN.

Ce que je ferois ? mais .. je ne ferois rien ; mais par ma foi , ce seroit bien alors que le Par-terre en seroit le sôt.

LE DOCTEUR.

Mais encor que lui ferois-tu ?

ARLEQUIN, *enfonçant son chapeau.*

Eh ! rien vous dis-je ; mais, .. Ventre-bleu.!

je... je leverois mon chapeau, & je dirois en m'en allant, MESSIEURS C'EST POUR LA DERNIERE FOIS;

LE DOCTEUR.

Et tu ferois bien plus fot, fi en redoublant fa fimphonie le Parterre te répondoit en Chorus. TANT MIEUX : ON N'Y PERDRA PAS BEAUCOUP.

ARLEQUIN.

Ah, ah ! il n'oferoit ; je gage qu'il députeroit aprés moi pour me rapeller.

LE DOCTEUR.

Ne t'y fie pas ; ce n'eft pas la mode en ce Païs.

ARLEQUIN.

Que m'importe : fi je joüe la Comedie , ce n'eft que pour mon plaifir. J'ay dequoi m'en paffer.

LE DOCTEUR.

On en eft bien perfuadé ; d'ailleurs tu n'aurois pas l'effronterie de reparoitre.

ARLEQUIN.

Mais... naturellement, je n'ay point de fiel.

LE DOCTEUR.

Pat ma Foi , fi aprés une pareille fottife le Parterre avoit encor la bonté de te fouffrir , en confcience , tu lui devrois un remerciment dans les formes.

ARLEQUIN.

On feroit encor bien aife de me revoir : les bons fujets font fi rares !

LE DOCTEUR.

Il eft vrai ; mais mon Pauvre Arlequin déffais toi d'une fauffe prévention qui te gâte. Quelque bon acueil que le Public te faffe , il ne t'eftimera qu'autant que tu t'étudieras à lui plaire.

ARLEQUIN., *chante.*

La , la , la , la.

LE DOCTEUR.

Et cette bonté avec laquelle il excufe tes déffauts quand tu ne fors point du refpect que tu luy dois, fe changera en mépris, dés que tu commen-ceras à te m'éconnoitre.

ARLEQUIN, *d'un air empreffé.*

Et bien. Vous ne vous fouvenez plus qu'il y a une heure qu'on s'impatiente, à quelle heure voulez-vous donc joüer la Comedie?

LE DOCTEUR.

J'entens : la Morale n'eft pas de ton gout quand on dit tes veritez ; mais peut-être que nôtre con-verfation aura fait plus de plaifir à la Compagnie, qu'aucune des Scenes de la piéce que nous allons joüer.

ARLEQUIN.

Je crois qu'elle en fera d'avantage, fi vous vou-lez avoir la bonté de la terminer au plus-tôt.

LE DOCTEUR.

Tu as raifon : on n'entendroit qu'un plus long récit de tes impertinences, & les impertinences de quelque façon qu'on les tourne, ne fauroient divertir long-tems. Allons nous habiller.

ARLEQUIN.

Allez : en attendant je vais dire un mot tou-chant la piéce d'aujourd'hui.

LE DOCTEUR.

Tu devrois l'avoir déjà dit. Ça que je voye comment tu t'y prendras.

ARLEQUIN.

Diable ! je veux que dans la Ville il foit parlé de mon compliment. Il y a long tems que je le prepare. Ecoutez.

Arlequin fait trois révérences d'un air noncha-lant, avec une main dans fon fein. Le Docteur lui donne un coup fur l'épaule, & lui fait ôter la main de fon fein.

LE DOCTEUR.

Bas, bas, la révérence, plus bas. Un air plus

respectueux , point de ces airs panchez, & ce bras,
ce bras. Fy donc. Voila qui me sent son fat.

ARLEQUIN , *au Parterre.*

Messieurs. *Il donne un coup de pied pour faire si-*
lence. Paix-là. . . . Messieurs. Nous vous donnerons
dans un moment la Comedie que nous vous avons
promise. C'est une piece dans laquelle vous trou-
verez. . . une Elocution pure & simple , à cause de
l'action. . . dont l'érudition. . . la satisfaction...
l'addition... la Souftraction... la Multiplication. . .
&. . . la repartition de ces traits Satiriques. . . .
&. . . de scandalifer ses amis.

LE DOCTEUR , *le repouffant.*

Affurément tu me fais pitié ! voilà fans doute
un compliment bien tourné.

ARLEQUIN.

Oh ! bien tourné tant qu'il vous plaira. Par la
ventre-bleu , je ne faurois qu'y faire, j'ai mis plus
de huit jours à le composer.

LE DOCTEUR , *se mettant à la place*
d'Arlequin.

Il faut encor que je t'aprenne de quelle maniere on doit annoncer. *Au Parterre.*

Messieurs. Nous aurons l'honneur de vous donner aujourd'huy, la Comedie de LA FILLE A LA
MODE, que nous avons promise.

Les Amis de l'Auteur n'y trouveront rien qui
puisse les scandalifer, à moins que quelqu'un de
nos Acteurs se réglant sur un mauvais modele , ne
s'émancipe d'y ajoûter de son crû quelque obscéni-
té , ou quelque mauvaise plaisanterie. En ce cas-
là , Messieurs , nous vous prions d'employer le
remede du quel vous vous servez si à propos quand
vous voulez rendre Sage, un Acteur qui s'écarte de
son devoir.

Fin du Prologue.

ACTEURS.

LE DOCTEUR.

ISABELLE, *fille du Docteur, promise à Mr. Godinet.*

OCTAVE, *Amant d'Isabelle.*

Mr. GODINET, *Bourgeois de Paris.*

COLOMBINE, *Servante du Docteur.*

ARLEQUIN, *Valet d'Octave.*

SCARAMOUCHE, *Ancien Camarade d'Arlequin.*

CULOTIN, *petit Laquais d'Isabelle.*

TROUPE de Bohémiennes Chantantes, & Dansantes.

La Scene est à Lyon.

LA FILLE
A LA
MODE.
COMÉDIE.

ACTE PREMIER.

SCENE I.
OCTAVE, COLOMBINE.

OCTAVE

AH ! ma Chere Colombine , Puis-je croire ce que tu me dis ? Quoy ? malgré toutes les assurances que j'ay receües de son cœur, sa volage Maitresse peut se résoudre à me quitter pour un inconnû.

COLOMBINE

Oüi , Monsieur, Quoi qu'Isabelle semble être la fille du monde la plus indolente , je n'en connois point de plus capricieuse. Sur le simple raport de son Pere , elle s'est formé une idée si avantageufe de l'Epoux qu'on lui propofe, que nous aurons de la peine à vaincre fon entêtement.

OCTAVE.

N'importe. Il faut que je la voye.

COLOMBINE.

Et à quel deffein. Voulez vous la voir?

OCTAVE.

Pour lui reprefenter le blâme qu'elle s'attire par une infidelité, pour lui reprocher fon inconftance, pour...

COLOMBINE.

De quoi cela fervira-t'il? Quand une fille eft prevenuë d'une nouvelle inclination, tout ce qu'on lui dit pour la défabufer ne fert bien fouvent, qu'à l'enflamer davantage, & les plaintes d'un Amant duquel elle commence à fe dégouter, n'aboutiffent qu'à le rendre plus importun.

OCTAVE.

Et bien. Si les plaintes font inutiles, je lui rediray ce que j'ai fait pour elle, je la feray fouvenir de la Foi qu'elle m'avoit promife...

COLOMBINE.

Abus: une fille qui change eft fi fort occupée de fa nouvelle paffion, qu'elle oublie tout ce qui s'eft paffé pendant le cours d'un premier engagement, & c'eft encor beaucoup pour l'Amant qu'elle a quité, fi elle daigne feulement fe refouvenir qu'elle lui a voulu du bien.

OCTAVE.

J'auray du moins le plaifir de me déchaîner contre celui qu'elle me préfére, & je lui ferai de fa perfonne un portrait fi horrible....

COLOMBINE.

Elle verra que c'eft la jaloufie qui vous anime, & ce que vous en direz lui paroitra fufpect. Que favez-vous enfin, fi comme bien d'autres, vôtre rival ne devra point fon bon-heur à tout ce que

vous

vous aurez fait pour le détruire.
OCTAVE.
Je n'ay donc plus de resource que le desespoir.
COLOMBINE,
Le desespoir par ma Foy;vous étes trop plai:
fans;vous autres hommes, & c'est bien fait si vous
étes si souvent les dupes de vôtre propre foiblesse.
C'est bien dans le tems où nous sommes qu'on doit
se desesperer pour la perte du cœur d'une maitresse.
OCTAVE.
Du moins,s'il m'étoit possible de changer comme
Isabelle!
COLOMBINE.
Et croyez-vous de bonne Foy qu'auprés de quel:
qu'autre vous seriez plus heureux ? les Filles d'à-
present se forment presque toutes sur le même modele. L'inconstance, & la dissimulation, sont à la
mode parmi elles, elles en font gloire, & le vray
secret pour s'épargner auprés d'elles bien des chagrins, c'est de ne point compter sur elles, & de
ne les prendre que pour ce qu'elles sont.
OCTAVE.
Mais enfin quel parti dois-je prendre ?
COLOMBINE.
Puis que vos empressemens n'avancent de rien ?
feignez de placer ailleurs vôtre cœur. Quelque in-
différente que soit une Fille pour un Amant, sa
vanité n'est pas à l'épreuve d'une pareille vengeance, & je ne doute point qu'Isabelle piquée de vôtre changement ne vous rende bien-tôt tout ce que
que ses caprices peuvent vous avoir ôté.
OCTAVE.
Mais de quoy servira cette feinte?quand je suis
sur le point de la perdre.
COLOMBINE.
Ne desesperez encor de rien. Cherchez seule:
ment les moyens de faire échoüer ce Mariage,tan-

B

dis que de mon côté , je feray ce que je dois; mais
songez que le tems presse. Le Pere a donné sa parole , & vôtre rival arrive aujourd'huy par la diligence. Adieu : je m'arrête ici trop long-tems , &
je pourrois être grondée.   *elle s'en va.*

OCTAVE.

Je compte sur ton secours. *Seul.* Je n'ay rien à
négliger si je veux détourner le coup qui me menace mais je ne puis rien enrreprendre sans le
secours de mon Valet. Qu'est-il devenu ? le traitre
m'abandonne dans le tems que j'ay le plus besoin
de son adresse. *On entend chanter Arlequin.* Il me
semble que j'entens sa voix.

SCENE II.

OCTAVE, ARLEQUIN.

ARLEQUIN, *chante, contrefaisant l'yurogne.*

A Paris dessus le Pont-neuf...,

OCTAVE.

C'est-luy.

ARLEQUIN , *continuë.*

A Paris dessus le Pont-neuf.
On y brille pour un sou neuf.
On y regorge de plaisir.
Taleri , tantaleri , tantaleri.

OCTAVE.

Le pendart est yvre !

ARLEQUIN , *continuë.*

N'allons plus de-chez la Pillet
Cullebuttons nous au Cabaret
Le bon vin chasse le soucy.
Taleri , &c.

OCTAVE.

Ah ! qu'en tout autre tems. . . mais il faut prendre patience. *A Arlequin* , d'où fors-tu malheureux ? d'où vient que de toute la matinée je ne t'ay
veu ?

ARLEQUIN.

Parbleu. C'est vôtre faute : vous n'aviez qu'à
venir au Cabaret : je n'en fuis point forty.

OCTAVE.

Ah ! double chien ! tu prens bien ton tems pour
t'en-yvrer , jamais ton fecours ne me fut fi néceffaire.

ARLEQUIN.

Tout de bon ?

OCTAVE.

Je comptois fur toy ; mais yvre comme te voila,
es-tu capable de quelque chofe ?

ARLEQUIN.

Pourquoy non ? jamais le vin ne gâta une affaire. En tout cas , pour faire plaifir à mes amis
je m'en-yvre quand je veux , & je des-yvre de
même. *Il ceffe de contrefaire l'yvrogne.*

OCTAVE.

Comment ? tu n'es pas yvre ?

ARLEQUIN.

De quoy, Diable, voulez vous que je fois yvre ?
je veux ne boire de ma vie , fi d'aujourd'huy j'ay
beu que deux bouteilles de vin à déjeuner.

OCTAVE.

Deux bouteilles ? eh ! maraut, fi tu avois leu
ce que dit Seneque fur la tempérance , tu faurois
que dans les plus grands repas on ne doit boire
que trois fois .

ARLEQUIN.

Trois fois ?

OCTAVE.

Oüi. Trois fois , & Seneque dit que chez les

Romains , un homme qui buvoit d'avantage, paſ-
ſoit pour un yvrogne.

ARLEQUIN.

Et Seneque a dit celà ?

OCTAVE.

Sans doute.

ARLEQUIN.

Il faut donc que du tems de Seneque le vin ne
fut pas ſi bon qu'il eſt à préſent.

OCTAVE.

Il n'eſt plus ici queſtion de Seneque , mon pauvre Arlequin. Helas !

ARLEQUIN.

Helas ! ah ! que voila un ſoupir pouſſé bien
m'éthodiquement ! mais , Monſieur , comme je
n'ay jamais leu le traité des ſoupirs de Seneque,
non plus que ſon traité de la tempérance, expli-
quez-moy ce que veut dire ce helas.

OCTAVE.

Ce helas veut dire.... qu'il faut mourir.

ARLEQUIN.

Il faut mourir ? eſt-ce encore Seneque qui l'a
dit ?

OCTAVE.

Non. Ce n'eſt pas Seneque ; c'eſt moy qui le
dis , & j'y ſuis reſolû ſi je pers Iſabelle. *Arlequin
s'en va.* Où vas-tu ?

ARLEQUIN.

Dites-vous pas que vous allez mourir ?

OCTAVE.

Oüi. Si je ne puis faire rompre le mariage d'I-
ſabelle.

ARLEQUIN, *s'en allant.*

Et bien.....

OCTAVE.

Où vas tu donc ?

ARLEQUIN.

Je vais faire aporter bouteille.

OCTAVE.

Et qu'a de commun la bouteille avec ce que je dis ?

ARLEQUIN.

Vous allez mourir, dites vous ? & je ne veux pas vous laisser partir sans boire avec vous le vin de l'étrier.

OCTAVE.

Comment ! Bourreau, tu vois le triste état où je suis réduit, & tu as l'insolence de me parler de boire?

ARLEQUIN.

Et bien. Puis que vous ne voulez vous repaître que de soupirs & de larmes, à vous permis vous êtes le maître; mais entrons un peu en matiére. Il me semble à vous parler net, que vos affaires prennent un assez mauvais train, & raïllerie à part; en voulant vous reconcilier avec l'amour vous pourriez vous brouïller tout à fait avec le bon sens. En conscience, je suis obligé de vous le dire.

OCTAVE.

Quel malheur seroit comparable à celui de voir maîtresse entre les bras d'un Rival ;

ARLEQUIN.

On ne peut rien de plus touchant ! mais ma foy, si vous n'avez d'autre emplâtre à apliquer sur vôtre mal que des complaintes, & des lamentations, je feray bien tôt obligé d'aller vous retenir une place aux incurables.

OCTAVE.

Ah ! mon cher Arlequin, trouve le secret de me rendre heureux & tu peux compter...

ARLEQUIN.

Sur quoy ? par exemple.

OCTAVE.

Sur la plus parfaite reconnoissance, sur l'amitié

B iij

la plus fincere , fur....

ARLEQUIN.

Sur le Pont d'Avignon , fur le pont qui trem-
ble, fur...

OCTAVE.

Tu doutes de ce que je dis ?

ARLEQUIN.

Oh ! Diable je n'ay garde : je fay trop que les
amoureux ne font non plus chiches de promeffes,
que les menteurs de fermens ; mais toutes ces belles chofes que vous venez de nommer , combien fe
vendent-elles l'aune ?

OCTAVE.

Que veux-tu dire ?

ARLEQUIN.

Je vous demande combien je trouveray d'argent
comptant là deffus : car, item, il en faut pour né-
gocier en amour , & les agents de ce commerce ,
non plus que les agents de change , ne font pas
gens à fe mettre en œuvre fimplement pour les
beaux yeux de leurs pratiques.

OCTAVE , *luy donnant fa bourfe.*

Tien voila ma bourffe.

ARLEQUIN.

Elle eft affez légére , c'eft une bourffe à la mode. C'eft-à-dire qu'il faudra que mon induftrie faffe les avances du furplus. Cela fupofé, dequoy eft-
il queftion ?

OCTAVE.

Le Docteur Baloüard a promis fa fille en mariage à Monfieur Godinet , fils d'un riche Bourgeois de Paris.

ARLEQUIN , *aprés avoir un peu rêvé.*

Godinet Godinet. Voila un nom qui promet
quelque chofe.

OCTAVE.

Il doit arriver aujourd'huy.

ARLEQUIN.

Aujourd'huy ? voila qui eſt bien prompt ! il devroit du moins nous donner le tems de prendre nos meſures.

OCTAVE.

Iſabelle en eſt déjà enrêtée ſans l'avoir veu: invente quelque ſtratageme pour la deſabuſer , & pour détourner ſon Pere de la reſolution qu'il a priſe.

ARLEQUIN.

Voila bien de la beſogne ; mais quel homme eſt-ce que ce Monſieur Godinet le connoiſſez-vous ?

OCTAVE.

J'ay eu tout le tems de le connoitre à Paris où je l'ay veu. C'eſt bien le plus grand badaut !

ARLEQUIN.

Tant pis : il n'eſt point de pire animal qu'un ſot. J'aimerois mieux avoir à tromper deux hommes d'eſprit. Quel âge ?

OCTAVE.

Vingt & deux ans ou environ.

ARLEQUIN.

Aſſez bien tourné ? n'eſt ce pas ?

OCTAVE.

La, la, ; grand babillard.

ARLEQUIN.

Oh ! c'eſt la maladie du Païs.

OCTAVE.

C'eſt un benêt qui n'eſt jamais ſorti de Paris, & qui tranche de l'homme d'eſprit.

ARLEQUIN.

Un peu débauché ? peut être.

OCTAVE.

C'eſt un étourdy , qui affecte de rependre ſur toutes ſes maniéres un air plat de libertinage.

ARLEQUIN, *aprés avoir revé.*

Tenez, Monſieur, reprenez vôtre argent.

OCTAVE.

Pourquoy donc.

ARLEQUIN.

Pourquoy? c'est que si Monsieur Godinet paroit aux yeux d'Isabelle, c'est une fille flambée pour vous.

OCTAVE.

Quoy? sur le portrait que je t'en fais...

ARLEQUIN.

Et quoy? Monsieur, vous voulez entreprendre d'empêcher une jeune fille de s'entêter d'un homme qui est tout à la fois, jeune étourdy, grand parleur, débauché, passablement bien fait ; & qui avec toutes ces perfections arrive nouvellement de Paris. Eh! Monsieur, vous n'y pensez pas : il y en a la trois fois plus qu'il n'en faut pour faire perdre la tête, à la fille de Lyon la plus raisonnable.

OCTAVE.

Les difficultés te rebuttent ; si tu réussis, je te promets cinquante Loüis pour ta récompense.

ARLEQUIN.

OK. Monsieur, vous vous moquez : quand il s'agit de vous faire plaisir, l'argent..... est-ce cinquante Loüis en especes ? il est bon de s'expliquer.

OCTAVE.

Oüi cinquante Loüis d'or neufs, en especes sonnantes sur ma parole.

ARLEQUIN.

Sur vôtre Parole ?

OCTAVE.

Oüi sur ma Parole.

ARLEQUIN.

A Dieu, mes cinquante Loüis!

OCTAVE.

Tu ne te fies pas à moi ?

ARLEQUIN.

Oh ! que fi ; mais j'ay leu quelque par un Pro-
verbe qui dit, VERBA VOLANT c'eft-à-dire, les Paroles... vous entendez bien. VERBA VOLANT... mes
cinquante Loüis font fur vôtre parole, a Dieu les
voila allés ; où Diable les iray-je chercher ?

OCTAVE.

Tu es bien déffiant ! Eft-ce que tu ne me crois
pas folvable pour cinquante Loüis ?

ARLEQUIN.

Oh ! que fi ; mais que voulez-vous ? dans le tems
où nous fommes, malgré qu'on en ait, il vient dans
l'efprit de certains fcrupules dont on n'eft pas le
maitre, quand on eft obligé de confier fon bien à
de jeunes gens de famille ; allez laiffez moy rêver
à vôtre affaire, dans un moment je fuis à vous.

OCTAVE.

Je t'attens au Logis-

SCENE III.

ARLEQUIN, *foul.*

CA pour ne rien faire en étourdy, examinons
un peu par où nous devons commencer. *Il
contre-fait fon Maitre.* Ah ! mon cher Arlequin. Si
tu réüffis, je te promets cinquante Loüis pour ta
récompenfe. Voila la queftion. Pour gaguer les
cinquante Loüis, il faut faire rompre un Mariage,
& pour faire rompre ce mariage, il faut dégouter
de nôtre rival, le Pere, & la Fille. *Il reve.* Ouï.
Le Pere eft un bon homme, & mille fois en ma
vie j'en ay trompé de plus fins que lui. Pour la Fille. *Il rêve.* Bon. Je trouveray fans peine le moyen de
lui infpirer de l'averfion pour Mr. Godinet. Vivat.

Voilà mes cinquante Louïs gagnés. *Il s'en va , &*
s'arrête comme si quelqu'un le retenoit. Toutbeau,
l'ami ne les empochez pas si vite , ces cinquante
Louïs. Comme Diable vous y allez? vous inspirerez
dittes-vous , à Mademoiselle Isabelle , de l'aver-
sion pour Mr. Godinet? vous croyez apparemment
que l'esprit d'une fille se ménage aussi facilement
que vous le dites? Je suis fort curieux de savoir
comment vous y prendrez..... Comment je m'y
prendray? voilà une belle difficulté. *Il rêve.* Oüi-
dea. Je n'ay qu'à emprunter quelque drôle mal bâti,
quelque visage à la Doguine, je le feray voir à Isabelle sous le nom de Godinet , & comme ordinai-
rement les Filles aiment les beaux hommes. ......
Non : la regle n'est pas générale , & l'on voit de
trés-jolies filles , qui s'entêtent de trés-vilains mâ-
gots. Vous réüssiriez peut-être mieux en lui supo-
sant quelqu'un de ces beaux mignons entêtés de
leur sotte figure , de ces Godelureaux de qui la
conversation ne roule que sur un détail de leurs
nipes , & sur le récit de leurs avantures galantes.
Quelqu'un de ces grands diseurs de rien , de ces
nigauds qui de peur d'abatre la poudre de leurs
grandes perruques se tournent tout d'une piéce
comme des Jaque-mards ; & qui pour affecter un
air plus doucereux ne vous parlent jamais qu'en
faisant la moüe, comme s'ils joüoïent de la flute....
Par ma Foy je crois que ce Monsieur à raison : Je
ne vois pas auprés d'une femme , de gens plus
maussades, ni plus dégoutans que ceux-là... *il rêve.*
Enfin nous verrons. Quand je devrois , à coups
de pied au cul, renvoyer Monsieur Godinet à Paris,
il ne sera pas dit que j'ay manqué de gagner cinquante Loüis. *Il apperçoit Scaramouche.* Mais voilà
un drôle qui m'écoute. Il m'a entendu quand je
parlois de cinquante Loüis. Ne feroit-il point quelque méditation sur ma bourse. Hola hé visage,
passez vôtre chemin.

SCENE IV.

ARLEQUIN, SGARAMOUCHE, *et habit de Soldat.*

SCARAMOUCHE.

A Qui en a ce marroufle ?

ARLEQUIN.

Eh ! Grivois , depuis quand la connoiſſance ?

SCARAMOUCHE.

C'eſt Arlequin !

ARLEQUIN.

Je penſe que c'eſt Scaramouche. Eſt ! d'où Diable ſors-tu ? il y-a mille ans que je ne t'ay veu. *Ils s'emcraſſent.*

SCARAMOUCHE.

Ma Foy, c'eſt du plus loin qu'il me ſouvienne : avouë que tu ne m'aurois jamais reconnû ſous cet habit.

ARLEQUIN.

Il eſt vray que rien ne déguiſe tant un poltron comme toy qu'un habit de guerre , & je vois tous les jours des gens de ma connoiſſance que je ne reconnois plus, ſi-tôt qu'ils ont endoſſé le harnois.

SCARAMOUCHE.

Depuis toi j'ay fait plus d'une figure , & ſans un petit contre-tems qui m'arriva l'année derniére, j'étois en paſſe de faire quelque choſe.

ARLEQUIN.

On te vint peut être interrompre dans le tems que tu donnois de l'exercice à la ſoupleſſe de tes mains.

SCARAMOUCHE.

Tout jufte. C'étoit chez un homme de pratique, qui m'avoit pris en amitié parce qu'il me trouvoit de la difpofition. **ARLEQUIN.**

Diable ! avec ces Meffieurs-là il faut charrier droit: pour peu qu'on prenne le travers , on court rifque de les rencontrer en fon chemin.

SCARAMOUCHE.

Enfin je me fuis jetté dans le fervice , comme tu vois. **ARLEQUIN.**

Où as tu fervi la Campagne derniere? en Italie?

SCARAMOUCHE.

Non. **ARLEQUIN.**

En Flandres ? en Allemagne ? en Efpagne ?

SCARAMOUCHE.

Non : je ne fers plus fur terre.

ARLEQUIN.

Ah, ah ! tu fers fur mer ?

SCARAMOUCHE.

Non. **ARLEQUIN.**

Où Diable fers tu donc ? en l'air ?

SCARAMOUCHE.

Non : je fers fur le Rhône.

ARLEQUIN.

Apparemment, fur quelque Bateau de Fagots.

SCARAMOUCHE.

Non : Je fers fur un Moulin, en qualité de fenti-nelle. Quand il arrive quelque bateau que la nuit a furpris en chemin, & qui depeur de troubler le repos des Commis de la Doanne à la difcretion de fe glifer en Tapinois dans la Ville , j'ay foin de lui montrer le chemin qu'il doit prendre pour éviter de s'engraver. **ARLEQUIN.**

Fy, je n'aimerois pas cet emploi: j'aprehenderois qu......lin venant à fe détacher, le Courant da .... du côte de Marfeille.

.... fecerder dans une affaire, ... s'en vôt enfebie

ACTE II.

SCENE I.

ISABELLE, COLOMBINE, CULOTIN.

Le Théatre represente l'apartement d'Isabelle. Elle
y paroit assise à sa toillete.

COLOMBINE.

H ! je vous dis, Mademoiselle , que
vous ne sauriez être mieux. Je ne
vous ay jamais vuë si dificile.

ISABELLE. *s'impatientant.*

Ay... Je ne suis pas coëffée assez
pointû,& je n'ay pas des rubans à moitié de ce
qu'il m'en faut.

COLOMBINE.

Par ma foy , vous me feriez perdre patience :
c'est un Opéra , aujourd'hui, que de vous habiller.

ISABELLE.

Aussi tu veux faire les choses à ta tête. Tien regarde. Ma Coëffure ne fait pas assez le bâtteau
appelle moy ce petit laquais.

COLOMBINE.

A l'autre.

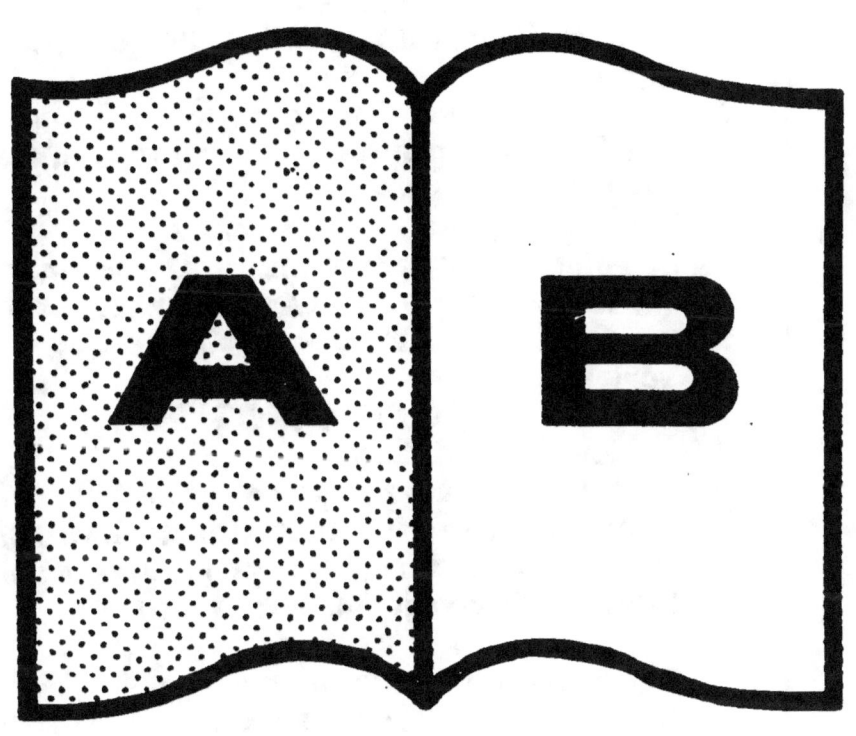

Contraste insuffisant

NF Z 43-120-14

ISABELLE.

Ou se tient'il donc ? *elle apelle* , Culotin... Je veux lui faire donner les étriviéres... Culotin !

CULOTIN *entre.*

Mademoiselle.

ISABELLE.

Je crois que vous faites le sourd quand je vous appelle ?

CULOTIN.

C'est que le plus souvent quand vous m'apellez vous ne voulez rien.

ISABELLE.

Point tant de raisonnemens. Donnez-moy... Il ma fait oublier ce que j'avois à luy dire... *elle rêve.* Colombine , ne sais-tu point ce que je luy voulois ?

COLOMBINE.

Non : je vous assure.

ISABELLE , *aprés avoir un peu rêvé.*

Ah... Allez voir si Leandre est chez-luy.... *Culotin s'en va sans écouter ce quelle veut dire.* Et bien. Où allez-vous ? où allez-vous ?

CULOTIN.

Je vais là ou vous me dites.

ISABELLE.

Mais, voyez ce petit étourdy. Qu'y allez vous faire ? Je vous feray bien prendre la coutume d'atendre que j'aye achevé de parler. Allez voir si Leandre est chez-luy : & demandez ma tabatiere qu'il me prit hier au soir à la promenade. Dites que je la veux absolument. Entendez-vous ? *Culotin demeure derriere la chaise d'Isabelle.*

COLOMBINE.

Vraimant ! c'est bien à ces heures , qu'on trouve Leandre chez-luy !

ISABELLE.

Et bien qu'il le cherche. Il ira se faire honneur

C

de ma tabatiere auprés de quelque Dame, & il
croira d'en être quite pour me dire qu'il l'a perduë.
Ces Messieurs-là n'en font point d'autres.

COLOMBINE.

La grande perte ! C'est un bijou fort nécessaire
pour une Fille, qu'une tabatiere.

ISABELLE.

C'est la mode. Pourquoy ne veux tu pas que
j'en aye une comme les autres ? Fais-moy du Ca-
fé.

COLOMBINE.

Encor ? vous en avez déja pris quatre fois en
moins d'une heure.

ISABELLE.

Tu as raison; fais-moy donc du Thé.

COLOMBINE.

Diantre soit de vos pestes de Drogues ! Je ne
say quel gout vous y trouvez.

ISABELLE.

Ce n'est pas pour le gout que j'y trouve ; tout
le monde en prend, & je veux faire comme les autres.

COLOMBINE.

Fort bien.

ISABELLE.

Que dirois-tu ? Si je faisois comme des filles que
je connois, qui pour en acheter vendent tout
jusqu'à leurs nipes. *Elle aperçoit Culotin derriere
sa Chaise.* Que faites vous donc-là, petit gar-
çon ? que n'allez-vous là où je vous ay dit ?

CULOTIN.

Vous m'avez dit qu'il falloit attendre que vous
eussiez achevé de parler ?
ISABELLE *se leve, & s'avance contre luy pour
luy donner un soufflet, & il s'en va.* Atten, atten.
Je te répons qu'à ton retour je te donneray sur les
oreilles. *Elle se regarde debout dans son miroir.*

C ij

Quel tems fait-il?

COLOMBINE.

Affez beau.

ISABELLE.

J'ay envie de changer d'habit : celuy-cy me rend
pâle , & celuy de taffetas verd-noir me fied beaucoup mieux.

COLOMBINE.

Vous êtes bien comme cela. Je déffie que dans
tout Lyon vous trouviez une fille mife d'auffi bon
air que vous l'êtes aujourd'huy.

ISABELLE, *fe r'affoit.*

Bon : dans tout Lyon. Demande à ma Coufine;
Elle dit qu'à Lyon les Femmes fe mettent d'un air
à faire mal au cœur.

COLOMBINE.

Vôtre Coufine ne fait ce qu'elle dit.

ISABELLE.

Ma Coufine ne fait ce qu'elle dit ? Je crois que
tu es folle : Il n'y a que quinze jours qu'elle eft de
retour de Paris.

COLOMBINE.

Qu'il y ait ce qu'on voudra. Je foutiens que vous
êtes à charmer.

ISABELLE.

Le beau plaifir ! fi Mr. Godinet quand il arrive-
ra , me trouve un air Provincial qui le rebutte : ma
Coufine dit qu'il n'eft pas au monde de gens d'un
gout plus délicat que les Parifiens.

COLOMBINE.

Eh ! la , là , Mademoifelle , nous avons veu ici
des femmes de Paris qui n'avoient pas fi bon air
que vous. Je crois comme on le dit que Paris eft le
centre du bon gout , & de la politeffe ; mais je ne
fay qu'en croire lorfque je vois tant de Femmes
qui en reviennent plus ridicules qu'elles n'y étoient
allées, & quand je vois arriver de ce païs-là d'auffi

grands fots qu'il en arrive d'ailleurs :

ISABELLE.

Vraimant, ma Coufine rabattroit bien ton ca-
quet, fi elle t'entendoit raifonner de la forte : les
maniéres de ce païs cy ont quelque chofe de fi
groffier, qu'elle s'évanoüit dés qu'elle commença
à entendre l'accent, & à refpirer l'air de Lyon.

COLOMBINE.

Vous me citez-là un bon auteur, que vôtre Coufine !

ISABELLE.

Ce que je luy ay entendu dire de Paris, m'inf-
pire une furieufe envie d'y aller.

COLOMBINE.

Oüy ; & vous ne ferez pas plûtôt obligée d'y
demeurer. Que vous voudriez être icy.

ISABELLE.

Ah ! que dis-tu, Colombine! depuis que mon Pere
à parlé de me marier à Paris, j'ay pris un dégout
éffroyable pour Lyon. Il me tarde déjà d'être au
milieu de cette place Royale, de cette place Mau-
bert, de la Ruë S. Honoré, de la Ruë S Denis,
de la Ruë Trouffe Vache, & de tous ces beaux endroits, defquels ma Coufine me parle fi fouvent.

COLOMBINE.

Eh ! mon Dieu. Vous n'y ferez peut-être que
trop-tôt.

ISABELLE.

Je verray les Charniers S. Innocent, les Galleries
du Palais, où j'entendray prononcer tous ces beaux
mots dont elle a fait un recüeil. Je verray la Foire
S. Germain, & la Foire S. Laurens qui renferment
tant de belles chofes, & ou à ce qu'on dit, la
moindre troupe de Marionettes vaut mieux que
l'Opéra de Lyon.

C iij

COLOMBINE.

Avec cela peut'on s'ennuyer à Paris ?

ISABELLE.

Sans doute que j'iray voir la Cour ; si j'avois le bon-heur de m'y faire remarquer, & si quelque jour ma beauté faisoit du bruit dans le monde !

COLOMBINE.

Vous auriez le plaisir de voir vôtre portrait sur des Écrans, ou sur des Almanacs.

ISABELLE.

Tu crois de rire ; j'ay entendu dire à des Femmes de Lyon, qui sans vanité ne me vallent pas, qu'on les avoit admirées en ce païs-là.

COLOMBINE.

Je le crois.

ISABELLE.

Ce sera bien autre chose quand aprés avoir demeuré quelques années à Paris je reviendray voir mon Pere. Alors comme toutes mes manieres seront marquées au coin de Paris, j'auray l'avantage d'être regardée comme un original, sur lequel se régleront toutes les Femmes qui se piquent d'avoir le bon air.

COLOMBINE.

Par ma foy vous me faites pitié avec vos raisons ; mais que deviendra Octave ?

ISABELLE.

Octave prendra patience.

COLOMBINE.

Mais vous luy promettiez tant de l'aimer : vous l'oubliez cependant, à la premiere proposition d'un inconnu.

ISABELLE.

Il est vray que j'ay eu du gout pour Octave ; mais je ne suis pas d'un caractere à m'attacher pour toûjours à la même personne.

COLOMBINE.

Quel est donc vôtre but en vous mariant ?

ISABELLE.

Le but de toutes les Filles qui se marient D'être
ma maitresse , de vivre à ma fantaisie , & d'avoir
de belles nipes. La condition de fille traine après
Soy une espéce de contrainte dont mon humeur ne
s'accommode point. Une femme a des priviléges
qui me conviennent mieux , & pourveu que je
rencontre un mary qui me donne de l'argent tant
que j'en voudray , & qui ne me contredise jamais,
je seray la femme du monde la plus contente.

COLOMBINE.

Octave est riche , doux , complaisant , il vous
aime , que vous faut-il davantage ?

ISABELLE.

Octave n'est pas pour aller demeurer à Paris.

COLOMBINE.

Peste soit de vôtre entêtement. Pour vous en pu-
nir , vous meriteriez de tomber entre les mains de
quelque jaloux , de quelque brutal , & de quelque
chose de pire.

ISABELLE.

En ce cas-là,Colombine, Si c'est l'usage de Paris comme celuy de Lyon, je prendray le parti que
prennent tant de Femmes. Faite comme je suis ,
penses-tu que je ne trouvasse pas à me dédomma-
ger. Mais mon Pere est allé à la rencontre de Mr.
Godinet , sans doute qu'il est déja arrivé Je te
laisse le soin de préparer toutes choses pour le recevoir *Elle s'en va.*

SCENE II.

OCTAVE, COLOMBINE.

OCTAVE.

J'Epiois l'occasion de te trouver seule, ma chere Colombine, pour t'avertir que tu vas voir paroître icy mon Valet sous la figure de Mr. Godinet. Le Docteur qui ne le connoit point a pris le change facilement.

COLOMBINE.

Mais, si pendant qu'ils seront ensemble le véritable Godinet survient ?

OCTAVE.

Nous y avons mis bon ordre ; mais une chose m'embarrasse. Si Isabelle reconnoit mon Valet ?

COLOMBINE.

Et par ou diantre voulez-vous qu'elle le reconnoisse ? à peine l'a-t'elle veu deux ou trois fois, encor c'étoit de si loin qu'elle ne peut avoir conservé la moindre idée de son visage ; mais j'entens le Docteur.

OCTAVE.

Il revient avec nôtre Parisien suposé. Je me retire crainte de donner quelque soupçon.

COLOMBINE.

Ne vous éloignez pas. Je vais prevenir Isabelle.
Ils s'en vont tous les deux.

SCENE III.

LE DOCTEUR, ARLEQUIN,
déguisé.

ARLEQUIN.

Quel Diable d'homme êtes vous donc ? Monfieur le Docteur ? Comment eft-ce que vous n'avez pas dans toute vôtre Ville un miférable Fiacre pour voiturer les gens ? & fuis je obligé de venir comme un chat maigre troter à pied fur vôtre chien de pavé ? ça donc un fauteüil. Vous faites bien mal les honneurs de chez vous !

LE DOCTEUR, *donnant un Fauteüil à Arlequin.*

Par ma foy, Monfieur, la diligence eft arrivée plus-tôt que je ne croyois, & fi j'avois preveu......

ARLEQUIN, *s'affeyant.*

Laiffons celà, & avant toutes chofes. fachons un peu de quelle maniere on vit céans. Buvez-vous de bon vin ? me ferez vous faire bonne chere ?

LE DOCTEUR.

Monfieur, je vous recevray de mon mieux.

ARLEQUIN.

Je m'y attens, au moins : car je me fuis laiffé dire que vous autres Lyonnois, quand il vous vient des Parifiens vous mettez tout par ecuëlles.

LE DOCTEUR.

Il eft vray ; on en a cependant rabbatu, depuis que quelques-uns de vos Meffieurs de Paris fe font avifés de tourner en ridicule ceux qui les avoient régallés.

ARLEQUIN.

En tout cas, je ne vous incommoderay pas long-tems : je commence à m'ennuyer en ce païs , & je pourrois bien m'en retourner dez demain.

LE DOCTEUR.

Dez demain ? vous différerez bien vôtre départ de quelques jours , en faveur de ma fille.

ARLEQUIN.

A propos, de vôtre Fille ! parbleu vous avez raison. Je ne pensois plus que je viens pour l'épouser. Diable emporte si je ne l'avois oublié en chemin.

LE DOCTEUR.

C'est qu'aparemment vous avez beaucoup d'affaires dans la tête.

ARLEQUIN.

Dites moi. Beaupere , si tant est que jamais vous le soyez. Est-ce la mode à Lyon , d'épouser une Fille avant que de la voir ?

LE DOCTEUR.

Non sans doute.

ARLEQUIN.

Et bien. La vôtre quatten t'elle donc pour venir me faire la révérence ?

LE DOCTEUR.

Monsieur , elle ne vous fait point icy ; mais je vais l'avertir.

ARLEQUIN, *l'arrêtant.*

Parlez donc , parlez donc. Il ne faut pas demander si vous avez pris soin de la faire décrasser pour me recevoir ?

LE DOCTEUR.

Oh , Monsieur , ma fille n'a pas besoin de cette précaution ; mais elle vous attend avec impatience. Je n'ay pas manqué de la prevenir que vous deviez arriver aujourd'huy.

ARLEQUIN.

Tant pis , morbleu , tant pis : je voulois la surprendre.

LE DOCTEUR.

Surprendre ma fille ? & à quel deſſein ?

ARLEQUIN.

Mon Dieu , j'ay mes raiſons : quand on veut voir une fille dans ſon état naturel il ne faut jamais luy donner le loiſir de ſe préparer à recevoir une viſite ; mais dites moy Beau-pere. A quand la Noce ?

LE DOCTEUR.

Le plus-tôt qu'il ſe pourra , & demain toutes choſes ſeront diſpoſées pour cela.

ARLEQUIN.

Bon. tant mieux. C'eſt à dire que dez ce ſoir vous prendrez la peine de me compter de l'argent.

LE DOCTEUR.

Vous compter de l'argent ?

ARLEQUIN.

Oüi. Me compter de l'argent. Eſt-ce que je parle Grec , ou ſi vous attendez que j'épouſe vôtre fille gratis.

LE DOCTEUR.

Non , ſans doute ; mais pour faire les choſes dans l'ordre vous s'avez qu'il faut auparavant paſſer le Contract.

ARLEQUIN.

Et qu'ay- je que faire,moy,de vôtre Contract ?

LE DOCTEUR.

Je vous promettray de donner à ma Fille dix mille écus , & par le même Contract vous me paſſerez quittance de cette ſomme , que je vous compteray à loiſir le lendemain de la Noce , ou quelques jours aprés.

ARLEQUIN.

C'eſt donc l'uſage , en ces quartiers ? Et l'on y trouve aparemment des gens aſſez ſimples pour quittancer par avance la dot de leurs Femmes.

LE DOCTEUR.

Avec les gens d'honneur on ne court aucun risque;

ARLEQUIN.

C'est fort bien dit; mais moy qui ne veux point me mettre au hazard d'être, comme bien de maris que je connois, la dupe du mauvais ménage & du peu de conduite de Madame mon Épouse; je vous déclare net, qu'à moins que je ne voye de mes propres yeux, & que je ne touche de mes propres mains les dix-mille écus en question, vous pouvez garder vôtre Fille, & je suis vôtre tres-humble, & tres obeïssant serviteur. *Il veut s'en aller.*

LE DOCTEUR, *l'arrêtant.*

Attendez, Monsieur, attendez. Vous serez peut-être plus traitable quand vous aurez veu ma Fille. La voilà qui vient fort à propos.

SCENE IV.

LE DOCTEUR, ISABELLE, COLOMBINE, ARLEQUIN.

COLOMBINE, *à Isabelle.*

Vous le voyez, je ne vous trompe point;

ISABELLE, *à Colombine.*

Quoy? c'est-là ce Monsieur Godinet, qu'on m'a dépeint si aimable?

COLOMBINE.

Oüy, c'est luy-même.

ISABELLE, *voulant s'en aller.*

Ah! Colombine, qu'il est laid!

COLOMBINE, *l'arrêtant.*

Vous vous moquez, Mademoiselle, est-ce que de Paris il peut venir quelque chose de laid?

LE DOCTEUR.

Ma fille , saluez , Monsieur. Voila l'Epoux dont je vous ay parlé.

ARLEQUIN. *aprés plusieurs révérences, se remet dans son fauteüil.*

Aprochez , Mignonne. Comme je crains d'acheter chat en poche , trouvez bon qu'avant que de conclure mon marché je vous examine de prés. Heureux encor si je ne m'y trompe , malgré toutes mes précautions. (*En difant cela , il fait tourner Isabelle de tous côtés.*)

ISABELLE , *à Colombine.*

Quel impertinent !

COLOMBINE , *à Isabelle.*

Bon , bon. Vôtre Cousine vous a dit que les Parisiens avoient le discernement si juste.

ARLEQUIN. *aprés avoir regardé Isabelle.*

Oh, ça dittes moi, la belle. N'y at il point de trierie dans votre fait? là, en conscience. Ce visage, & ce tein sont ils bien à vous ? les faites vous venir de Paris ? ou si vous les achetez à Lyon ?

ISABELLE.

Vous me prenez sans doute pour quelqu'autre. J'aurois honte de paroitre devant les gens, si je croyois que dans ma personne il y eut quelque chose d'artificiel.

ARLEQUIN.

Diable. Si toutes celles de vôtre sexe avoient le même scrupule , certaines Femmes ne paroitroient pas si souvent en Public, elles ont beaufaire cependant : on ne s'y méprend plus si facilement , & au travers de leurs visages postiches , on ne les prend que pour ce qu'elles sont. Suivant ce que dit certain Poëte, parlant à elles en propre personne.

Lorsque vous n'êtes qu'Amidon,
Que blanc d'Espagne , & vermillon,

Et que de ces couleurs vous redoublez la dose,
Vos attraits paroissent plus doux ;
Mais lorsque vous n'êtes que vous,
Ma foi, vous êtes peu de chose.

LE DOCTEUR.

Ce Poëte a raison ; mais c'est un abus qu'on ne
reformera jamais.

ARLEQUIN, *à Isabelle.*

Il ne faut pas demander si vous savez minauder ?
& si vous savez prendre quand vous voulez ce petit
air mignard qui est devenu si fort à la mode parmi les jolies personnes.

ISABELLE,

Monsieur, je n'ay point le talent de me contre-
faire, je n'y entens rien.

ARLEQUIN.

Quoy ? vous êtes jolie, & vous ne savez pas
faire la mignarde ? Parbleu je vous en say bon
gré : car rien n'est si dégoûtant.

Je ne saurois souffrir ces figures molasses
Qui masquent leurs apas de leurs fades grimaces ;
Et de qui la beauté n'est jamais en son jour.
Telle, qui n'auroit eu qu'à se montrer, pour plaire
Devient, par un juste retour,
A force de se contre-faire
Un remede contre l'Amour.

LE DOCTEUR.

Ces airs affectés sont ridicules, & des manieres
naturelles rendent une jolie personne mille fois
plus aimable.

ARLEQUIN, *regardant Colombine & lui ten-*
dant la main.

Bonjour, ma mie. (*Au Docteur*) Tenez. Vous avez-
là une petite Camuzon que j'aimerois mieux que
vôtre fille. J'aprehende de m'ennuyer quand nous

serons ensemble. Elle ne sait pas dire quatre paroles de suite.

COLOMBINE.

Par ma Foi, c'est dommage de vous donner quelque chose de bon, & vous êtes le premier homme qui ait trouvé à redire de ce qu'une fille parle peu.

ARLEQUIN.

J'aime fort qu'une jeune Fille
Babille, petille, fretille,
C'est le signe assuré d'un cœur franc & loyal ;
Mais fille qui toû-jours dans un morne silence
Ensévelit ce qu'elle pense,
Fait juger qu'elle pense à mal.

LE DOCTEUR.

Pour la mienne, je vous la garantis sans malice.
Je ne luy connois aucun déffaut, & de l'humeur
dont elle est. Vous serez heureux avec elle.

ARLEQUIN.

Dieu le veüille. Je ne m'en fie pourtant pas à ce que vous en dites.

LE DOCTEUR.

L'experience vous le pesuadera mieux.

ARLEQUIN.

Je le croy ; mais les Loüanges que donne un Pere à sa fille qu'il veut marier, me sont aussi suspectes, que les longs raisonnemens d'un Charlatan, qui prône la vertu des drogues qu'il débite.

(*En montrant Isabelle.*)

A ce Sexe trompeur est bien fou qui se fie.
Jeune fille que l'on marie
En apparence, est toûjours sans déffaut ;
Mais d'abord qu'on a fait le saut,
Pour s'en désabuser on a du tems de reste,
Et l'Epoux s'aperçoit bien-tôt
Que ce maintien simple, & modeste
N'étoit qu'un attrape lourdaut.

D ij

LE DOCTEUR.

Monsieur, je vous garantis que vous n'y ferez pas trompé.

ARLEQUIN.

En tous cas, j'y mettray bon ordre : & si jamais elle est ma femme, pour la reduire au point que je la veux, le tricot marchera d'un Diable d'air.

ISABELLE.

Sur ce pied là, Monsieur, je suis vôtre humble servante.

ARLEQUIN, *se levant brusquement.*

Ah ! Fy. Que vois-je ? juste Ciel.

LE DOCTEUR.

Qu'est-ce ? Monsieur, que voulez-vous dire ?

ARLEQUIN.

Qu'elle incongruité ! Quel barbarisme ! Que solécisme en parûre !

LE DOCTEUR.

Mais, Monsieur. . .

ARLEQUIN.

Point de Cu de Paris ! morbleu, point de Cu de Paris ! une fille sans Cu de Paris !

LE DOCTEUR.

Eh, Monsieur, ce n'est pas un déffaut si considerable.

ARLEQUIN.

Qu'appellez-vous ? considerable. Se moque-t'on de moi? de me présenter une fille qui n'a ni bouche, ny Eperon, ni Croupiere.

LE DOCTEUR.

Il est aisé de remedier à tout cela.

ARLEQUIN.

Oui-dea? Et bien, en ce cas-là. Parce que vous êtes des amis de mon Pere, & puis qu'il vous a donné sa parole, je veux bien vous faire le plaisir de vous debarrasser de vôtre fille ; mais je veux y mettre une condition.

LE DOCTEUR.

Qu'eſt-ce que c'eſt donc? que cette condition.

ARLEQUIN.

C'eſt que j'entens, qu'aprés avoir fait faire à vôtre fille toutes les reparations neceſſaires, vous me la rendiez à Paris bien conditionnée, franche de Port, & de tous droits.

LE DOCTEUR,

Et bien ſoit. Qu'à cela ne tienne.

ARLEQUIN.

Je prétens, au ſurplus, que vous vous engagiez par-devant Notaire, au cas que dans ſix mois je ſois ennuyé de vôtre fille, de la reprendre a moitié de vôtre perte, ou de me la troquer contre une autre.

LE DOCTEUR, rit.

Ah, ah, ah, voila de plaiſantes conditions ! je vois bien que vous aymez à rire ; mais que demande cette Femme ?

SCENE V.

LE DOCTEUR, ISABELLE, CO-LOMBINE, ARLEQUIN, SCARAMOUCHE.

Scaramouche de complot avec Arlequin pour dé-goûter le Docteur de ſon prétendu Gendre. Vient deguiſé en femme, & Arlequin fait accroire au Docteur que c'eſt une femme de qualité, étrangére avec laquelle il a fait connoiſſance : Cette Scene ſe fait de caprice, & finit par une querelle, entre le Docteur, & Scaramouche, &c.

SCENE VI.

LE DOCTEUR, ISABELLE, COLOMBINE.

LE DOCTEUR.

PAr ma Foi, voila de plaisantes gens. (*à Isabelle*) Et bien ma fille que dis-tu de Monsieur Godinet ? je vois bien qu'il ne te plait pas ; mais qu'y faire ? en faveur de son bien il n'y faut pas regarder de si prés.

ISABELLE.

Comment ? je pourrois me resoudre à vivre avec un homme qui dit qu'il me battra quand je seray sa femme ?

COLOMBINE.

Pour être un peu frottée voila une belle affaire! Comptez-vous pour rien l'agrément d'aller demeurer à Paris?

LE DOCTEUR.

Il est vray que Mr. Godinet à l'air un peu brusque, & même il me paroit un peu libertin ; mais le mariage le rangera.

COLOMBINE.

En doutez-vous ?

LE DOCTEUR.

Et si j'étois en ta place, j'aimerois mille fois mieux avoir un mari, de l'humeur de Mr. Godinet, qu'un de ces petits colifichets, de ces Damoiseaux de profession, qui s'imaginent que tous les cœurs ne sont faits que pour eux, & qui prétendent qu'une femme leur ait encore grandes obligations, quand pour l'amour d'elle, ils dérobent quelques momens , au foin de leur petite perfonne.

COLOMBINE.

Par ma foi , voila de plaifans nigauds!

LE DOCTEUR.

Le mariage ne les corrige point ceux-là. Papil-
lons importuns , auprés de toutes les belles , ils ne
peuvent fe fixer chez eux , & premier mobile des
parties de plaifir de toutes les autres femmes , ils
reléguent la leur dans une folitude perpétuelle.

COLOMBINE.

Ouï. Et demandez-moi ce qu'il faut que de-
vienne une pauvre créature ? quand avec cela elle
a encor le malheur d'être d'une vertu qui ne lui
permet pas de prendre fa revanche.

LE DOCTEUR.

Colombine dit fort bien ; Mais je te quitte pour
quelques affaires. Tu feras à loifir toutes tes ré-
flexions. (*Il s'en va.*)

COLOMBNE, *rit en regardant Ifabelle.*

Eft bien , Mademoifelle.

ISABELLE.

Affurément Colombine , je ne te comprens pas,
tu me blamois tantôt de ce que je rebutois Octave,
& à prefent...

COLOMBINE.

Chacune à fon tour. Vous me blamiez de ce que
je n'aprouvois pas vôtre entêtement. Il faut pourtant vous difpofer à partir bien-tôt pour aller voir
toutes ces belles ruës de Paris.

ISABELLE. *s'en allant brufquement.*

Si je ne puis aller à Paris qu'à ce prix-là , j'y
renonce pour toute ma vie.

COLOMBINE, *feule.*

C'eft un étrange animal à gouverner qu'une fille
qui ne fait ce qu'elle veut ; ne perdons point de
tems & ne lui donnons pas le loifir de changer de
réfolution.

SCENE VII.

COLOMBINE, ARLEQUIN
En habit galonné, & en grande perruque blon-
de affectant des airs de petit maître.

ARLEQUIN, *rit.*

AH, ah, ah. Et bien, Colombine, say-je me tirer d'intrigue avec honneur ?

COLOMBINE.

Fort bien ! mais pourquoy reviens-tu ?

ARLEQUIN.

Il est juste qu'en travaillant pour autrui, je songe à mes propres affaires. De toute la journée je n'ay pû trouver le moment de te dire un pauvre petit mot.

COLOMBINE.

Et que veut dire cet équipage ?

ARLEQUIN.

C'est pour n'être point reconnû. D'ailleurs les fleurettes d'un Amant sur-doré ont quelque chose de plus piquant pour le cœur d'une belle, & la perruque blonde donne un grand relief aux tendres sentimens qu'on débite auprés d'elle.

COLOMBINE.

Va te promener, avec tes sentimens. Je ne suis pas d'humeur de t'écouter.

ARLEQUIN.

Parlez donc, mamour, vous croyez peut-être d'avoir encor à faire à Monsieur Godinet ?

COLOMBINE.

Parlez donc, Marssouïn, vous croyez, peut-être d'avoir à faire à quelque Nimphe du Luxembourg ?

ARLEQUIN.

Ma petite Bonne, on pourroit bien, chemin fai-
fant, vous frotter les oreilles.

COLOMBINE.

Mon petit *Bonnet*, on pourroit bien, fans fortir
d'icy, rabattre vos airs impertinens.

ARLEQUIN.

Ne vous y trompez pas : depuis peu la tendreffe
A rompu tout commerce avec la politeffe,
Et ces airs cavaliers que vous me reprochez
Des femmes d'aujourd'huy font les plus recherchés.
Un amoureux tranfi, tendre, conftant, fidelle,
Eft un fade ragout pour le cœur d'une belle ;
Et l'amour, à languir fans ceffe eft condanné
Si d'un grain de folie il n'eft affaifonné.

COLOMBINE.

Que quelqu'autre à fon gré, fuivant cette maxime,
Des caprices d'un fou fe rende la victime,
Et que fon foible cœur s'expofe aveuglément
Au repentir qui fuit un fot entêtement.
Mon cœur plus délicat en pareille matiere
Demande qu'un amant foit difcret, & fincere,
Que du foin de me plaire occupé nuit, & jour,
Il borne fes plaifirs à me faire la cour,
Et que dans les tranfports de l'ardeur qui le preffe
Un refpect affidu m'exprime fa tendreffe.
Si l'on ofe venir m'en conter autrement.
J'envoyray bien-tôt paître, & l'amour, & l'amant.

ARLEQUIN.

Depuis que l'interêt, & le libertinage
Des belles paffions on aboli l'ufage
On fuit une autre route. Une nouvelle Loi.
Du commerce amoureux bannit la Bonne-Foi.
Les plaintes, les mépris, les fureurs, la vengeance
Des amans d'aujourd'hui font l'unique fcience.
Peu foigneux de cacher leur infidelité
Ils n'en font plus fcrupule ; ils en font vanité.

Ils aiment en Tyrans , & suivant leur méthode,
L'Amour à coups de poing, est l'Amour à la mode.
Au premier mouvement de ses soupçons jaloux,
On houspille une belle , on la charge de coups.
La Maitresse l'endure, & ce cruel outrage
Loin de guerir son cœur l'enflame d'avantage.
Ou si l'Amant la quite, en lui courant aprés,
Du racommodement elle fait tous les frais
Lorqu'enfin la raison vient reprendre sa place,
L'Amant revient, on pleure, on querelle, on menace,
Il échape un soupir, on cede, on fait la paix.

COLOMBINE.

Mon cœur , en pareil cas, n'en reviendroit jamais.

ARLEQUIN.

Belle de qui le cœur est pris , sur ma parole,
Souffre tout d'un Amant.

COLOMBINE.

Il faut être bien folle !

ARLEQUIN.

Les gouts sont différens. Doit-on en disputer ?

COLOMBINE.

Par ma Foi , tu n'aurois qu'à t'y venir frotter !

ARLEQUIN , *affectant un air respectueux.*

Epargnez vous le soin de me chanter ma gamme:
Je say trop ce que c'est que l'esprit d'une femme.
Tout homme tel qui soit , qui se met au hazard
D'éprouver son courroux s'en repent tôt ou tard.
Brullant de posseder un cœur comme le vôtre ,
Je viens auprés de vous faire le bon Apôtre ;
Et s'il faut du respect sur peine d'un reffus ,
On en aura pour vous , Madame, tant & plus.

COLOMBINE.

Va, je te prie, ailleurs prodiguer tes sornettes.

ARLEQUIN.

Vous voulez donc aussi défendre les fleurettes ?
Ah ! quelle cruauté , d'interdire aux Amans
Le plaisir de briller dans leurs raisonnemens.

S'il faut de leurs difcours retrancher la fadaife
A quoi font'ils reduits ! Quoy ? ne vous en déplaife.
Pour vous faire plaifir ; faut'il qu'un pauvre fot
Faffe l'amour par figne , & ne vous dife mot ?

COLOMBINE.

Je veux ce que je veux. Ne t'en mets pas en peine
Je veux qu'on m'obeïffe

ARLEQUIN.

Ah ! qu'à cela ne tienne.
Oüi je vais, puis qu'un air aifé vous eft fufpect,
M'abimer à vos pieds dans un proffond refpect. (*il*

COLOMBINE.   *tombe.*)

Sais-tu que tes difcours remplis d'impertinence?
Sale,& vilain Braïllard , laffent ma patience.

ARLEQUIN , *d'un air de Théatre.*

Ah ! Madame , je fuis confus de vos bontés ,
Et de tous ces beaux noms que vous me débitez
Vous ne répondez pas à mon ardeur fincere.....
Si ce ton vous déplait , je ne faurois qu'y faire;
Mais demandez plus-tôt , Madame , on vous dira
Que c'eft fur ce ton-là qu'on parle à l'Opéra.

COLOMBINE.

T'en iras tu ?

ARLEQUIN.

Oüy-dea ; mais avànt que je forte
Vous vous déclarez . ou le Diable m'emporte.

COLOMBINE.

Tu te feras roffer fi tu ne fors d'ici.

ARLEQUIN.

Madame, Au nom des Dieux tirez moi de fouci.
Mille projets nouveaux me viennent en cervelle
Pour achever l'himen d'Octave, & d'ifabelle.
Par un heureux effort fi je puis les unir
Dois-je efpérer ?

COLOMBINE.

Alors tu pourras m'obtenir.
Et bien, eft-tu content ! à prefent.

ARLEQUIN.

Ah ! Madame,
Gonflé du doux efpoir dont vous flattez mon ame,
Je veux vous faire voir avant la fin du jour
Ce que peut un grand cœur animé par l'amour.
Mais. Si de nôtre himen attendant l'échéance,
Vous vouliez, par pitié , me faire quelque avance
Ce feroit fur mes droits autant de rabattu.

COLOMBINE.

Encor ? Double faquin , que me demandes-tu ?
Ne finiras-tu point ?

ARLEQUIN, *d'un air douceroux.*

Ah ! d'un air moins farouche,
Souffrez , qu'un doux baifer fur vôtre belle bouche
Exprime les tranfports. . .

COLOMBINE.

Tu fais le Damoifeau ?
Tien. Te voila payé de tes douceurs. [*Elle lui don-*

ARLEQUIN.   *ne un foufflet.*]

Tout beau.
Le jeu de main vous plait; mais fi l'himen nous lie
Vous pourrez à loifir vous en paffer l'envie
A la charge d'autant

COLOMBINE.

Si je prens un bâton
Ma foi , je te feray bien-tôt changer de ton.

ARLEQUIN.

Alte-là, ma Princeffe. Il n'eft pas néceffaire
Vôtre ordre me fuffit , il faut vous fatisfaire.
Oui. Je vais, malgré moi, m'éloigner de vos yeux.
Dans une heure au plus tard je reviens en ces lieux.

il Chante, & Danfe.

Pour t'aprendre comment
On le dit, on le fait , on le peut faire ,
Pour t'aprendre comment,
On fait un compliment.

Fin du fecond Acte.

ACTE III.

SCENE I.

COLOMBINE, *seule.*

A La fin nous avons réussi. Ma Maitresse ne veut plus entendre parler de Monsieur Godinet. Le Docteur n'en est pas encor désabusé ; mais il aime trop sa fille pour la contraindre d'épouser un Homme qu'elle ne peut souffrir.

SCENE II.

COLOMBINE, ARLEQUIN.

ARLEQUIN, *courant de tous côtés se laisse tomber.*

Misericorde. A laide. Au secours.

COLOMBINE.

Où vas-tu si vite ?

D

ARLEQUIN.

Jerni. Mort. Ventre. Tête.

COLOMBINE,

Etourdi. Parleras-tu ?

ARLEQUIN.

Ah ! ma pauvre Colombine , tout est perdu,
De peur que nôtre Badaut ne vint nous troubler, je
l'avois mis entre les mains de deux de mes Camarades. Ils l'ont laissé échaper, & je cours inutile-
ment toute la Ville pour le rettouver. Ne seroit-il
point chez le Docteur ?

COLOMBINE.

Nous ne l'avons point veu.

ARLEQUIN.

Tant mieux. Il ne manquera pas d'y venir , &
je veux l'attendre au passage. Nos gens doivent
aussi se rendre en ces quartiers.

COLOMBINE,

Mais , que prétendez-vous faire ?

ARLEQUIN.

Nous en divertir , le mettre en bresibille avec le
Docteur , le dégouter de son mariage , & au pis
aller l'enlever , & le mettre en lieu de seureté. Je
te répons qne si je puis le raccrocher il ne m'écha-
pera pas une seconde fois. Mais il ne faut pas qu'on
nous voye ensemble. Songe à te tenir prête pour la
visite que nous devons faire au Docteur. (*Colombine s'en va*)

SCENE III.

Mr. GODINET, ARLEQUIN.

GODINET, *fans voir Arlequin.*

EH,oüi dea, oüi deà. Ma foi nous leur en ferons faire.

ARLEQUIN, *bas.*

Je fuis venu fort à propos. Voici nôtre original.

GODINET.

C'eſt bien à nous, vraimant, qu'on en donne à garder comme-çà.

ARLEQUIN, *bas.*

Il faut l'amuſer en attendant mes Camarades. (*à Godinet.*) Qu'avez-vous , Monſieur , vous me paroiſſez émeu , vous auroit-on fait quelque inſulte? quoi-que je n'aye pas l'honneur d'être connu de vous , je vous offre mes petits ſervices.

GODINET.

Monſieur , je vous rends graces tres-humbles. Je m'envais vous dire ce que c'eſt. Vous ſaurez que je ſuis né natif de Paris, pour vour ſervir , & que j'arrive tout préſentement pour me marier.

ARLEQUIN.

C'eſt fort bien fait à vous.

GODINET.

Je ſerois venu plû-tôt ſans deux hommes que je ne connois point. Ils m'ont abordé à la deſſente de la diligence pour me conduire dans une maiſon qu'ils m'ont dit être celle de mon Beau-Pere prétendu ; mais quand j'y ay été, au Diable-zot , ſi j'y ay trouvé de Beau-Pere , non plus que j'en ay dans l'œil.

E ij

ARLEQUIN.

Quelle malice !

GODINET.

Diable emporte, je crois que ces Drôles-là
avoient deſſein de m'enrôler par force : Ils m'ont
enfermé dans une chambre. Mais ils n'ont pas eu
à faire à un Innocent. J'ay été plus fin qu'eux: je
me ſuis eſquivé par la fenêtre.

ARLEQUIN.

Sans les avertir ?

GODINET.

A quelque niaïs. Il eſt vrai que je leur ay aban-
donné toutes mes hardes ; mais eux-autres ſeront
bien penauds quand ils ne me trouveront plus.

ARLEQUIN.

Oh ! Diable, je vous en répons.

GODINET.

Au reſte. C'eſt une eſpece de Ville aſſez jolie que
vôtre Lyon.

ARLEQUIN.

Monſieur vous êtes bien obligeant.

GODINET.

Comment ? il y a une Riviere comme à Paris!

ARLEQUIN.

Trouvez-vous pas qu'elle reſſemble à la Seine
comme deux goutes d'eau?

GODINET.

Il y auſſi des Rués, des Boutiques , & des Car-
roſſes. Dame, j'aurois crû que ce n'étoit qu'à Paris
qu'il y avoit de toutes ces choſes-là.

ARLEQUIN.

A vôtre retour vous déſabuſerez ceux de vos
compatriotes qui n'ont point voyagé , & qui s'i-
maginent qu'à deux lieuës de Paris on trouve le
bout du monde.

GODINET.

Dites-moi, je vous prie, Qu'est-ce que c'est que cette grande montagne à la cime de la quelle il y a un Clocher, & qu'on voit le long de la Rivière ?

ARLEQUIN.

Ah, ah. C'est la montagne de Fourviere.

GODINET.

Ouï deà. Et comment a-t'on pu monter là dessus pour y planter des arbres, & pour y bâtir des maisons ? A Paris nous n'avons point de montagne comme ça dans la Ville.

ARLEQUIN.

Ce n'est pas sans dessein qu'on là mise là : Cette montagne est, comme qui diroit, un fauteüil de commodité sur lequel la Ville se renverse, pour contempler à son aise la belle Campagne qui l'environne.

GODINET.

Ah ! bon cela.

ARLEQUIN.

Si vous faites quelque séjour à Lyon, vous y verrez bien d'autres choses, & si je puis vous être de quelque utilité... Franchement, Monsieur, je me sens naturellement porté d'inclination pour les jeunes gens qui commencent à voir le monde.

GODINET.

Au moins, Monsieur, ne croyez pas que je vienne ici comme ces Badauts de nôtre Pais qui n'ont jamais rien veu. Je suis dégourdi, ouï.

ARLEQUIN.

Il y paroit.

GODINET.

Et méme déja je sai parler un peu le Lyonnois. *Monsieur, voula vous venir buva fouïlletta?*

ARLEQUIN.

Fort bien. Vous parlez comme un Lyonnois naturel , & c'eſt dommage que vous en ſachiez ſi peu.

GODINET.

Oh!vous me pardonnerez. à Paris je frequentois quelques Lyonnois qui m'en ont apris bien davantage. Je ſay m'enyvrer , je ſay fumer , je joüe à la moure , & à Briſcambille,comme celui qui l'a fait.

ARLEQUIN.

La male peſte !

GODINET.

Dame, c'eſt un plaiſir, quand on voyage par les Païs , d'entendre le langage , & les manieres des lieux où l'on ſe trouve : on n'eſt jamais embarraſſé de ſa perſonne.

ARLEQUIN.

Qu'apellez-vous?embarraſſé. Avec ces belles diſpoſitions , vous ſerez receu à bras ouvert dans les plus belles cotteries de la jeuneſſe du Païs.Je m'engage à vous y introduire.

GODINET.

Je vous feray honneur,deà. Et je veux que nous buvions enſemble , vous verrez comme je porte bien mon vin.

SCENE IV.

ISABELLE, OCTAVE , Mr. GODINET, COLOMBINE , ARLEQUIN.

Octave conduit Iſabelle par la main , juſques ſur la porte de la maiſon du Docteur. Où il s'entretient avec elle tout bas, pendant que Godinet , & Arlequin parlent enſemble.

ISABELLE , à Octave.

OUi.Je l'avoüe,vous avez ſujet de vous plaindre ; mais à l'avenir je vous rendray plus de juſtice.

OCTAVE.

Puis-je encor me fier à vos promesses ?

GODINET, *à Arlequin.*

La peste, que voila de jolis enfans ! à ce que je puis voir les filles de Lyon sont faites tout comme celles de Paris.

ARLEQUIN.

Ah ! Monsieur, cela vous plait-à-dire. (*bas.*) Il ne faut pas qu'il s'ache qui elles sont.

GODINET.

Je reconnois le Cavalier qui est avec elles, pour l'avoir veu à Paris. Je vais prendre quelque pretexte pour les aborder.

ARLEQUIN.

Vous venez icy pour vous marier, & que diroit-on ? de vous voir avec ces sortes de Filles.

GODINET.

Qui sont'elles donc ?

ARLEQUIN.

Mais... Elles sont... Elles sont ce quelles sont, une fois. Que Diable, ne les voyez-vous pas ?

GODINET.

Tenez. A les voir je les aurois prises pour des filles d'honneur.

ARLEQUIN.

Oh ! si vous vous prenez à l'apparence, vous serez souvent trompé en ce païs. D'ailleurs. Je vous avertis que cet homme-là est brutal comme un Diable, & pour peu qu'il s'aperçoive que vous regardez les Demoiselles, il est homme à vous faire mettre l'épée à la main.

GODINET.

Me faire mettre l'épée à la main ? Parbleu, je l'en déffie : j'ai laissé la mienne avec mes hardes.

OCTAVE, *prenant congé d'Isabelle.*

Oüi. Je profiteray de la disposition favorable de vôtre cœur, & je feray tous mes efforts pour obtenir l'aveu de Monsieur vôtre Pere.

ARLEQUIN

Il vient à nous. Je gage qu'il a veu quand vous lorgniez ces Demoiselles. Allez vous-en. Croyez-moi.

GODINET.

Ne me quittez pas je vous prie. Ce n'est pas que je le craigne ; mais c'est que mon Pere m'a bien recommandé de ne point me faire de mauvaises affaires.

OCTAVE, *feignant d'être surpris.*

Que vois-je ? Monsieur Godinet en ce païs!

GODINET, *se rangeant du côté d'Arlequin.*

Monsieur, je suis vôtre serviteur. (*à Arlequin*) ne m'abandonnez-pas. [*à Octave d'un air fier.*] Au moins, Monsieur, je vous fais ma déclaration que je ne veux point avoir de querelle avec vous. Prenez vos mesures là-dessus.

OCTAVE.

Comment? point de querelle avec moi. Qui vous a dit,...

GODINET.

Oui ; oui, vous me prenez pour un nigaud. Je say que vous voulez me faire mettre l'épée à la main parce que j'ay regardé ces filles avec qui vous étiez.

OCTAVE.

Moi ?

GODINET.

Oui, vous. Et c'est Monsieur qui me la dit. Il vous dira aussi que je ne pensois pas à elles.

ARLEQUIN.

Il est vrai, Monsieur n'y entend pas malice. (*bas à Godinet.*) Laissez faire je vais le radoucir. (*à Octave.*) Nous parlions... (*Il tire Octave à part quand il aperçoit Scaramouche.*) J'aperçois nos Gens. Tandis qu'ils nous débarrasseront de

cet importun , allons mettre la derniere main à
nôtre fourberie. (*haut à Octave.*)Vous voyez que
nous parlions d'affaires.

OCTAVE.

Excuſez,ſi mal à propos je ſuis venu vous interrompre. A Dieu , Monſieur Godinet. Quand il
vous plaira nous renouvellerons nôtre ancienne
connoiſſance.

GODINET.

Monſieur , ce me ſera bien de l'honneur.

ARLEQUIN , *bas à Godinet.*

Je vais l'emmener pour éviter quelque mal-heur.
Nous nous retrouverons dans peu de tems.

SCENE V.

Mr. GODINET , *ſeul.*

ON dit fort bien, que pour certaines perſonnes
il n'arrive jamais rien de bon. Parlez-moi de
cela. Je ne penſe pas à lui , & il vient de guet-
à pens me faire une algarade.Il ne ſemble pas qu'il
y touche deà ; mais j'ay bien connû ſon deſſein.
Pour cet autre Monſieur,je ſuis bien aiſé d'avoir
fait connoiſſance avec lui. C'eſt un vivant à ce
qu'il me paroit. Mais il faut que j'aille chez le
Beau-Pere.Sans doute qu'on m'y attend avec impatience : Cependant je ne ſay point ſa demeure ,
& le Diable de tout ceci , c'eſt que je ne vois perſonne auprès de qui m'en informer.

SCENE VI.

Mr. GODINET, SCARAMOUCHE.

Scaramouche fait accroire à Godinet qu'il est Magicien, & pour l'en convaincre il appelle ses camarades qui viennent faire plusieurs sauts perilleux au tour de Godinet qui les prend pour des Lutins. Scaramouche lui dit que le Docteur est un fourbe qui l'a fait enfermer à son arrivée, & lui dit plusieurs raisons extravagantes pour le dégoûter de son mariage. Godinet donne dans le panneau, & prevenu de ce que Scaramouche lui a dit, il va chercher le Docteur. Pour lui faire une querelle. On ne peut pas écrire cette Scene, par ce qu'elle dépend uniquement du caprice, & du jeu des Acteurs.

SCENE VII.

COLOMBINE, ARLEQUIN.

ARLEQUIN.

P Lace, place, à Monsieur Godinet. Nous allons voir beau jeu.

COLOMBINE, *sortant de chez le Docteur.*

Et bien. Qu'est devenu ton homme ? tu l'as encor laissé échaper?

ARLEQUIN.

Ne te mets pas en peine ; il n'ira pas loin. Il a gobbé le hameçon de la bonne maniere, & je suis seur, que le Docteur, & lui, ne se quitteront pas

ton amis. Pour mon Maitre il eſt d'une impatience de Diable , & ſi bien-tôt nous ne le tirons d'affaire , je crois qu'il faudra l'enterrer.

COLOMBINE.

Ton Maitre eſt bien fou de s'inquieter. Un
Amant comme lui n'eſt pas fait pour être mal-heu-
reux.

Elle Chante.

Contre un amant ſans déffaut. AH, AH.
Que ſert une humeur ſévère ?
S'il prend bien le tems qu'il faut , AH, AH,
Son tourment ne dure guère.
De ſes ſoins
C'eſt en vain qu'on veut ſe déffendre.
Belle de qui le Cœur eſt tendre
Tôt ou tard fera le ſaut
Et *AH, AH, AH.*
S'il prend bien le tems qu'il faut.

ARLEQUIN.

Oüi ; mais avec une fille du caractère d'Iſabelle,
on a beau prendre ſon tems , on ne peut compter
ſur rien.

Il chante.

......Un Amant
Dont le ſort dépend du caprice
Loin de voir finir ſon ſuplice
Voit ſon bon-heur à veau-leau
Et *AH. AH, AH, AH.*
Voit ſon bon-heur à veau-leau.

COLOMBINE.

Nôtre Badaut revient. Il eſt aux priſes avec le
Docteur.

ARLEQUIN.

Allons nous déguiſer, pour obtenir , de force ou
de gré , le conſentement dont nous avons beſoin.

SCENE VII.

LE DOCTEUR , M. GODINET.

LE DOCTEUR, *une lettre à la main.*

OUi , Monſieur , je reconnois l'écriture de
Mr. Godinet , & ſur ce que vous me dites ,
je vois que vous étes ſon fils , & que j'ay été pris
pour dupe.

GODINET.

Et moi , je vois que vous étes un fourbe , & un
ſcelerat. Mais vous avez beau dire vous me rendrez
tout ce qu'on ma volé.

LE DOCTEUR.

Je ne ſay, Monſieur , de quoi vous vous plai-
gnez quand vous ſaurez...

GODINET.

Eh mon Dieu!nous ſavons tout. Écoutez Mr. le
Docteur , ſi vous avez des filles de vertu délabrée à
marier, ellez chercher vos dupes.

LE DOCTEUR.

Si vous connoiſſiez ma fille , vous en parleriez
en d'autres termes.

GODINET.

Comme ſi l'on ne ſavoit pas ſa vie, & la vôtre.
Allez , allez , je vous recommande à mon Pere.
Quand il ſaura le tour que vous avez voulu me
joüer...

LE DOCTEUR.

Je ne ſay ce que vous voulez dire. Monſieur ,
donnez vous la peine de venir juſques chez moi.

GODINET.

Juſtémenr. C'eſt chez-vous que vous voudriez
me tenir ; mais je ne ſuis pas ſi ſot que d'y aller.
Que ſait-on ce qu'il peut arriver.

LE DOCTEUR.

Il y a quelque miſtère là deſſous.

GODINET.

Le grand miſtère, c'eſt que vous êtes un fripon, un homme qui en ſavez long , & que je viens vous dire une bonne fois pour toutes, que j'auray raiſon de tout ce que vous m'avez fait.

LE DOCTEUR.

Parbleu, je ſauray ce que veut dire tout ceci. (*Il frape à ſa porte.*) Hola. Iſabelle.

GODINET.

Point d'Iſabelle, s'il vous plaît : ſi vous apellez quelqu'un je vais crier au voleur.

SCENE. VIII.

LE DOCTEUR. ISABELLE, Mr GODINET.

ISABELLE.

Eſt-ce vous qui me demandez? mon Pere.

LE DOCTEUR.

Oui. [*à Godinet.*] voyez, Monſieur. Ma Fille a-t-elle la mine d'être ce que vous dites ?

GODINET , *rit.*

Ah , ah , ah. C'eſt donc là vôtre fille ?

LE DOCTEUR.

Sans doute.

GODINET , *bas.*

Juſtement. C'eſt une de ces Avanturiéres que j'ay veuës tantôt. [*au Docteur.*] Eh , oüi. Elle eſt aſſez jolie, j'ay envie de faire connoiſſance avec elle, pour me des ennuyer pendant mon ſéjour à Lyon.

F

LE DOCTEUR.

Il extravague.

GODINET.

Je trouve plus de plaisir avec des filles de ce caractère qu'avec d'autres, par ce qu'elles ont veu du Païs, & qu'elles ont de bonnes manieres.

LE DOCTEUR.

Voici qui commence à me déplaire.

GODINET, *à Isabelle.*

Quand vous plaît-il que nous fassions ensemble quelque partie de plaisir hors la Ville ? avec une jolie personne comme vous, on ne regarde pas à quelque bagatelle qu'il en peut coûter.

ISABELLE.

Plaît-il ?

GODINET.

Par ma foi, c'est dommage qu'une si aimable personne demeure en Province : vous gagneriez bien vôtre vie à Paris.

ISABELLE.

Mon Pere, m'avez-vous fait venir pour divertir ce Monsieur à mes dépens ?

GODINET, *au Docteur.*

La, là, ne feignez plus : nous connoissons Mademoiselle.

LE DOCTEUR.

Et bien, si vous la connoissez vous savez donc..

GODINET.

Oüi. Je say que vous êtes un engeoleur, & je ne comprens pas comment mon Pere a pû se laisser tromper par un homme comme vous.

LE DOCTEUR.

Monsieur vôtre Pere me connoît ; il me rendra justice. Informez-vous du moins....

GODINET.

Bon, informez-vous. On m'a bien dit que je ne serois pas le premier que vous auriez attrapé

de la sorte. Vvous prétendiez en me faisant enfermer, me contraindre d'épouser par force cette
fille là ; mais ... zeste.

LE DOCTEUR.

Oh, parbleu, Monsieur, si vous êtes si entêté
allez vous promener. Je ne comprens rien à vôtre
galimatias, & je vous déclare, que je ne suis point
encor assez embarrassé de ma fille pour vouloir la
donner à un extravagant comme vous.

GODINET.

Dame! on n'en a que faire, aussi. Adieu, Monsieur le Docteur. Je vais mettre à vos trousses des
gens qui vous traiteront comme vous le meritez.
[Il s'en va.]

LE DOCTEUR,

Et moi, je vais écrire à vôtre Pere de vous faire
mettre aux petites Maisons. Serviteur, Mr. Godinet.

SCENE IX.

LE DOCTEUR, ISABELLE.

ISABELLE.

M Onsieur Godinet ! Quoi ? Mon Pere cet impertinent est encor un Mr. Godinet ?

LE DOCTEUR.

Celui de tantôt n'étoit qu'un fourbe, voici le
véritable, & à les bien prendre, ils ne vallent
guère mieux l'un que l'autre.

ISABELLE.

Et au quel des deux voulez-vous me marier ? s'il
vous plait.

LE DOCTEUR.

A aucun. Et plutôt que de te rendre mal-heureuse,
j'aime mieux te voir mourir fille.

F iij

SCENE X.

Mr. GODINET, ISABELLE, COLOMBINE, ARLEQUIN.

Colombine & Arlequin, vêtus en Bohèmiennes, entrent. Suivis d'une troupe de Bohèmiennes, qui dansent au tour du Docteur, & d'Isabelle, avec des Tambours de Basque.

LE DOCTEUR.

Urez vous bien-tôt fini ? je suis las de toutes ces gambades.

COLOMBINE, *au Docteur.*
Ah ! Dieu-te-gard mon bon Monsieur.
ARLEQUIN, *à Isabelle.*
Dieu-te-gard, la jeune Pucelle.

LE DOCTEUR.
Bonjour, bonjour. Serviteur, serviteur.

ARLEQUIN, *regardant Isabelle.*
Qu'elle est gaillarde ! qu'elle est belle !
Qu'heureux sera le jouvenceau
Qui croquera d'un tel morceau.
Ma Mignonette, je m'assure
Que de savoir son nom, ton cœur est en souci ;
Mais si tu veux, avant que de sortir d'ici
Nous dirons ta bonne avanture

LE DOCTEUR.
Nous n'avons que faire de vôtre bonne avanture. Passez vôtre chemin.

COLOMB'NE, au Docteur.

Avec ta mine renfrognée,
Et ta figure rechignée
On voit assez que nôtre abord
Bon-homme, ne te plait pas fort;
Mais outre cela, je devine
Voyant t'on air sombre, & grondeur
Que quelque chose te chagrine.

Je le connois, mon bon Monsieur, mon bon Monsieur.

LE DOCTEUR.

Et bien, si j'ay des chagrins, ce ne sont pas vos affaires.

ISABELLE.

Eh ! mon Pere, laissez-les jazer : Elles nous divertiront.

LE DOCTEUR.

Va, va. Ce sont des conteuses de sornettes qui ne cherchent qu'à nous escamotter quelque chose.

ARLEQUIN.

Tu te trompes, mon bon Monsieur :
Tu nous prens pour de ces Conteuses,
De ces Guenillons, de ces Gueuses,
Que l'on rencontre tous les jours
Dans la Campagne, & les Faux-bourgs.
Ou qui viennent de place en place
Faire des tours de passe passe
Mais nous sommes mon bon Monsieur
Des Bohëmiennes d'honneur.

LE DOCTEUR.

Pour une Femme d'honneur, voila un visage bien brun.

ARLEQUIN.

Tu te trompes, mon bon Monsieur.
Ce n'est jamais sur la couleur
Q'on doit mettre le prix à l'honneur d'une femme :
Et l'on en voit icy plus d'une, sur ma Foi ,
Qui malgré sa blancheur, est dans le fond de l'ame
Plus Bohêmienne que moi.

COLOMBINE.

Ce blanc , ce rouge, & tout ce tripotage
Avec les quels, à beaux deniers comptants,
On trouve le secret de faire un beau visage
Chez nous ne font point en usage
Comme parmi les Femmes de ce tems.
Elles cherchent à plaire , Autre soin ne les touche;
Mais nous faisons consister la beauté
A faire voir la vérité
Sur nôtre tein comme dans nôtre bouche.

ISABELLE.

Mais pouvez-vous deviner tout ce qui doit
arriver ?

COLOMBINE.

Dans les secrets de l'avenir
Nous lisons comme dans un livre.
Nous Prédisons ce qu'on doit devenir,
Le nombre des Enfans,& le tems qu'on doit vivre.
Nous pénétrons aussi dans le fort d'un Amant,
Et nous voyons de loin , le bien-heureux moment
Qui doit par un doux Hímenée
A celle de sa belle unir sa destinée.

ISABELLE.

Puis que vous en savez tant , je veux que
vous contentiez ma curiosité, Dites moi....

LE DOCTEUR.

Non je ne veux pas : Elle te dira peut-être
des choses qui te feront de la peine , & tu te
repentiras de ta curiosité.

ISABELLE.

Pourquoi ? si elle me disoit , par exemple,
que je seray bien tôt mariée , je n'en serois
pas fâchée. Tenez , tenez ma Bonne, voyez
ma main. *(elle presente sa main à Colombine.)*

COLOMBINE.

Patience ma Belle amie.
Avant que de voir dans t'a main.
C'est au son de la simphonie
Qu'il faut consulter t'on destin.
Vers sa Troupe.
Vous qui me faites compagnie
Commencez la Cérémonie

Les Bohëmiennes de la suite de Colombine dansent en rond au tour d'Isabelle , & quand la Danse est finie , Colombine prend la main d'Isabelle , & chante.

TOü-jours t'on amant t'aimera :
Il est constant il est fidelle.
Conserve une chaine si belle ;
Tout ton bon-heur dépend de là.
Talera lera , &c.

Les Bohëmiennes dansent comme apparavant , & Colombine continuë.

TOn Pere se dementira
En faveur d'un Epoux aimable.
Ton bon-heur doit être durable :
Sur ta main je connois cela.
Talera lera, &c.

Pour le coup , vous en aurez menti. De
peur de me tromper aux choix d'un Epoux,
ma fille demeurera comme elle est.

ARLEQUIN.

Oh ! ce n'est plus à toi d'en disposer
Son destin a dit le contraire
A ses decrets envain tu voudrois t'oposer
Ma foi, tu n'y feras que de l'eau toute claire.

LE DOCTEUR.

Je me moque du destin. Je suis le maître
de ma fille. C'est à elle de m'obéir, une fois:
Je suis son Pere.

ARLEQUIN.

Toi ? son Pere. Entre nous , la chose n'est pas sûre
Tout homme, sur ce point, se trompe bien souvent,
Er si par hazard il en jure
Sans le savoir il fait un faux serment.

LE DOCTEUR.

Chansons que tout cela, Je ne veux point
déclaircissement là dessus; mais puis que vous
dites que ma fille doit être bien-tôt mariée
sachons donc avec qui c'est. Vous dites ce
qui vous vient en tête , vous autres , & si
vous devinez quelque-fois, ce n'est que par
hazard.

ARLEQUIN.

Comment ? ce n'est que par hazard,
Mon Bon , Monsieur, je veux en ta présence
Faire épreuve de ma Science

Et te montrer la force de mon Art.

vers sa Troupe.

Aprochez troupe gentille
Venez faire vôtre devoir,
Et disposez, Monsieur, à recevoir
L'Epoux qu'on destine à sa fille.

Les Bohëmiennes de la suite d'Arlequin dansent autour du Docteur , & aprés la Danse Arlequin chante.

AU sortir de la Coquille
Une fillette entre en gout.
Pere qui cherche vetille
Bien souvent la pousse à bout,
A hi, a hou, tire lire, la hou.
Bien souvent la pousse à bout.

Puisque le destin l'ordonne,
La tienne attend un Epoux.
Sur le choix de la personne
Tu peux te fier à nous.
A hi, a hou, &c.
Tu peux te fier à nous.

Les Bohemiennes dansent comme auparavant en faisant des grimaces devant le Docteur. Et Arlequin continuë.

POur lui faire bon visage
Quitte t'on air de Hibou.
Profite de l'avantage,
Ou tu passeras pour fou.
A hi, a hou, &c.
Ou tu passeras pour fou.

Mais crains qu'avât que je sorte.
Si tu fais le loup-garou.
Le grand Diable ne t'emporte
Et ne te tordé le cou,
A hi, a hou, &c.
Et ne te torde le cou.

LE DOCTEUR.

Tout franc. Voilà des Cérémonies qui me
déplaisent. J'aimerois autant voir une légion
de Lutins à l'entour de moi, que de voir toutes ces femmes là.

ISABELLE.

Eh ! mon Dieu, mon Pere, faites ce qu'-
elles vous disent, s'il vous arrivoit quelque
malheur.

LE DOCTEUR.

Pourveu que ce soit une personne qui te
convienne, je consens à tout.

SCENE DERNIERE.

OCTAVE, Et les Acteurs de la Scene pré-
cedente.

OCTAVE.

APrés cette assurance je puis me déclarer har-
diment. J'adore la Charmante Isabelle. Vous,
connoissez mon nom, & ma famille...

LE DOCTEUR.

Oüi, Monsieur, & si ma Fille en est d'acord elle est
à vous.　　OCTAVE, *à Isabelle.*

Vous êtes Maitresse de mon sort. Refuserez-
vous à mon amour le prix qu'il à merité ?

ISABELLE.

Quand naturellement mon cœur n'y seroit
pas porté. La peur de mourir fille ne me laisseroit
pas balancer un moment.

ARLEQUIN, *se faisant connoître.*

Puisque vous êtes entrain de faire des mariages,
ordonnez à cette Bohëmienne de me tenir sa parole

LE DOCTEUR.

Oh, oh, je croi que voila mon fourbe de tantôt!

ARLEQUIN.

Oüi. C'est moi qui vous ay empêché de faire une
sotise; Mais si vous en êtes faché je feray revenir
Monsieur Godinet.

LE DOCTEUR.

Que . Monsieur, Godinet aille au Diable. Ce
qui est fait est fait.

ARLEQUIN.

Allons. Mes Dames les Bohënnënnes , pour re-
mercier Monsieur le Docteur, régalez le d'un petit
plat de vôtre mêtier.

*Aprés plusieurs Danses des Bohemiennes , on
chante les couplets suivans.*

L'Amour dans le premier âge
  N'avoit rien que de charmant.
La Fille la plus volage
Se contentoit d'un Amant.
C'étoit la bonne métode ;
Mais suivant la nouvelle mode
  Son cœur est à tout venant.

Lorsque la persévérence
Faisoit le prix d'un Amant ,
On donnoit la préférence
A l'Amour le plus constant.
C'étoit la bonne métode ;
Mais suivant la nouvelle mode
  On la donne au plus offrant.

On ne se trompe plus guère
A l'éclat des faux brillans.
Fille qui sait l'art de plaire
Ne manque pas de Gallans ;
Mais Fille trop à la mode ,
Dont le Cœur suit cette métode ;
Trouve fort peu de chalans.

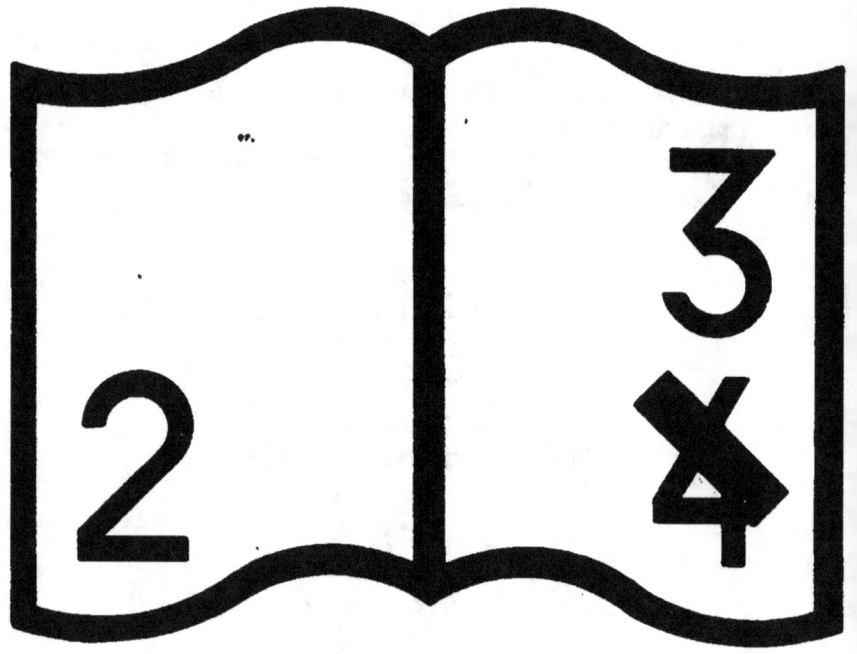

Pagination incorrecte — date incorrecte

NF Z 43-120-12

Dans une amoureuse affaire
Jadis on étoit discret,
Sur le fait de sa Bergère
L'Amant gardoit le secret.
C'étoit la bonne métode,
Mais suivant la nouvelle mode
On en dit plus qu'on n'en fait.

Suivant la vieille métode.
Sans égard pour le Cadeau,
Une Mere, peu commode
Renvoyoit le Damoiseau.
C'étoit la bonne métode ;
Mais suivant la nouvelle mode
La Mere a part au gâteau.

Sur le fait du Coclrage,
Du tems du Roy Guillemot,
Un pauvre Epoux faisoit rage
Crainte de passer pour sot,
C'étoit la belle métode ;
Mais suivant la nouvelle mode
Il voit tout & ne dit mot.

Fin de la Fille à la Mode.

L'HEUREUX NAUFRAGE

COMEDIE.

Mise au Téatre par Mr Barbier.

REPRESENTE'E A LYON POUR LA premiere fois, par la Troupe du Sr. Dominique, dans la Salle de Belle-Cour, le 18. Août 1710.